Bestiariusz Szkocki

Maciej Kowalkowski

Bestiariusz Szkocki

Szkocja 2024

ISBN: 978-83-964479-5-1

Ilustracje: Joanna Rybak
Projekt okładki: Joanna Rybak

Mojej kochanej córce Joannie

Od autora

W mglistych porankach i wietrznych wieczorach, gdzie szum fal Morza Północnego łączy się z szeptami pradawnych legend, leży tajemnicza kraina, której każdy zakątek jest przesiąknięty historią i magią. To Szkocja, kraina surowych krajobrazów, zielonych wzgórz i górskich jezior, które skrywają w swych głębinach niezliczone opowieści o niezwykłych stworzeniach.

Witamy w „Bestiariuszu Szkockim", który otwiera przed Wami drzwi do świata mitycznych istot, zamieszkujących szkockie góry i doliny. Nasza podróż rozpoczyna się wśród mgieł, które powoli opadają, ukazując dziką, piękną naturę i ślady obecności istot, które od wieków budzą fascynację i lęk. Od urokliwych dolin i dzikich rejonów Highlands, przez skaliste wyspy Hebrydów, aż po bezkresne wrzosowiska, gdzie każde miejsce skrywa swoją własną tajemnicę.

Przez karty tej książki przeprowadzi nas nie tylko wiedza, ale i magia, ta sama, która inspirowała bardów do opowiadania ballad o bohaterskich czynach i niesamowitych stworzeniach. Poznacie Cu-Sitha, widmowego psa o oczach płonących jak pochodnie. Zobaczycie Ghillie Dhu, samotnika chroniącego lasy, który w cieniu drzew opiekuje się zagubionymi wędrowcami. Usłyszycie śpiew Ceasg, którego echa niosą się po morzu, kusząc marynarzy do brzegów, gdzie rzeczywistość miesza się z baśnią.

Każda historia w tym bestiariuszu to wrota do innego świata, w którym rzeczywistość przenika się z mitem, a każde spotkanie z tajemniczym stworzeniem może odmienić losy śmiertelników. Zatopcie się w opowieściach pełnych romantyzmu i tajemnicy, gdzie serca biją szybciej, a dusze unoszą się w rytmie pradawnych pieśni Szkocji.

Rozpocznijmy naszą wędrówkę, zapraszam Was do świata szkockich wierzeń, gdzie każda legenda ma swoje źródło w sercu tej niezwykłej krainy. Czas wyruszyć na spotkanie z nieznanym i odkryć sekrety, które przetrwały wieki, czekając na tych, którzy odważą się ich poszukać.

URISK

Urisk (z języka gaelickiego *Uruisg*) to jedno z fascynujących stworzeń szkockiego folkloru, które zamieszkuje odległe i dzikie rejony Szkocji, zwłaszcza wyżyny i górskie doliny. Jest to istota półludzka, półzwierzęca, znana ze swojego samotnictwa i niepokojącej prezencji. Urisk jest opisywany jako stworzenie o humanoidalnym wyglądzie, lecz z pewnymi cechami, które odróżniają go od zwykłych ludzi. Jego ciało jest często przedstawiane jako pokryte sierścią, a nogi zakończone kopytami, co nadaje mu cechy przypominające fauna lub satyra z greckiej mitologii. Twarz tych istot może być zarówno ludzka, jak i bardziej bestialska, co zależy od regionu i wersji opowieści.

Uriski to małe stworzenia, bardziej przypominające niesforne dzieci niż dorosłe osoby. Istoty te znane są ze swojego samotnego trybu życia. Zamieszkują odludne miejsca, takie jak górskie jaskinie, opuszczone doliny czy brzegi strumieni. Choć zazwyczaj unikają ludzi, można je spotkać podczas samotnych wędrówek. Urisk jest istotą, która pragnie towarzystwa, ale jego przerażający wygląd często odstrasza tych, których napotyka.

W szkockich legendach Urisk często pojawia się jako postać, która może być zarówno przyjazna, jak i niebezpieczna. W niektórych opowieściach pomaga zagubionym wędrowcom, wskazując im drogę do domu lub oferując schronienie. W innych jednak Urisk jest źródłem strachu, zjawiając się nagle na ścieżkach i wywołując przerażenie swoim wyglądem. Urisk zajmuje specyficzne miejsce w szkockiej kulturze ludowej, będąc symbolem tajemniczych i dzikich sił przyrody.

BOOBRIE

Boobrie (z języka gaelickiego *boibhre*) to tajemnicze stworzenie z mitologii szkockiej, które od wieków budziło ciekawość i lęk mieszkańców Szkocji, zwłaszcza w regionach Highlands. Jest to ogromny ptak wodny, który zamieszkuje głównie jeziora, bagna i inne podmokłe tereny. Boobrie jest zazwyczaj opisywany jako stworzenie przypominające wielkiego, czarnego ptaka, zbliżonego wyglądem do kormorana lub nura. Jego pióra są błyszczące i czarne jak smoła, co pozwala mu kamuflować się w ciemnych wodach szkockich jezior. Ma duży, ostry dziób i pazury, których używa do polowania na swoje ofiary.

Boobrie jest drapieżnikiem, który potrafi być niezwykle agresywny i niebezpieczny. Jego dieta składa się głównie z ryb, ale nie gardzi również większymi zwierzętami, a nawet bydłem pasącym się w pobliżu wody. Według niektórych opowieści, Boobrie potrafi także przybierać formę konia wodnego lub byka, aby zwabić swoje ofiary do wody, gdzie je topi i zjada. W szkockim folklorze Boobrie pojawia się w wielu opowieściach jako przestroga dla ludzi, aby unikali samotnych wypraw nad wodę, zwłaszcza w nocy.

Mimo że Boobrie posiadał zdolność przybierania formy konia wodnego lub byka wodnego, to najczęściej widywano go jako ogromnego ptaka, który według starych podań był „większy niż siedemnaście orłów razem wziętych". Miejsca, w których lubił przebywać, to głównie wybrzeża i jeziora Argyllshire. Od lat już nie widziano Boobrie, gdyż jego siedliska zostały zniszczone przez człowieka.

Maciej Kowalkowski

BIASD BHEULACH

Baisd Bheulach, znany bardziej jako *Baisd Bealach Odail*, Bestia z Przełęczy Odal. Niewiele przetrwało informacji na temat tego stworzenia, choć na wyspie Skye budziło ono przerażenie. Ta istota, czasem opisywana jako zjawa, czasem jako potwór lub pies.

Istota ta terroryzowała budowniczych drogi łączącej Kylerhea i Sound of Skye. Bestia czasem przybierała postać człowieka, czasem mężczyzny o jednej nodze, innym razem wielkiego psa o czarnej sierści i dzikich ślepiach. Ponure i złowieszcze wycie Baisd Bheulach słyszane były tylko nocami na przełęczy Odal, którędy prowadzono nową drogę. Miejscowi pasterze często opuszczali swoje bothy w pośpiechu i nie wracali już w to miejsce. Ludzie, którzy nieświadomi zagrożenia podróżowali przez tę przełęcz, często byli atakowani przez dziwną zjawę. Czasem odnosili rany i z trudem udawało im się dotrzeć do bezpiecznego schronienia.

Podczas budowy pierwszej publicznej drogi przez przełęcz Odal znaleziono tam ciało mężczyzny, który miał rany na nodze i na boku. Do ran miał przyciśnięte ręce. Po tym zdarzeniu wszystkie te zjawiska miały ustać, choć niektórzy wciąż zgłaszali przerażające, nocne krzyki i wrzaski. Bestia z Przełęczy Odal tak szybko jak się pojawiła, tak szybko zniknęła. Ja jednak nie zapuszczałbym się nocami w owe miejsce.

BEAN-NIGHE

Praczka (w języku gaelickim *Bean-Nighe)* to ponury byt w świecie dawnych, szkockich wierzeń. Bean-Nighe jest opisywana jako stara kobieta o upiornym wyglądzie z jednym wystającym zębem, czasem naga, czasem ubrana w postrzępione i szare szaty. Choć potrafi przybrać postać pięknej kobiety, czyni to rzadko i niechętnie. Spotkanie Praczki to zły omen, oznaczający czyjąś śmierć. Starą Bean-Nighe napotkać można nad brzegami strumieni lub rzek, gdzie pierze zakrwawione ubrania tych, którzy niebawem mają umrzeć. Mylona jest często z banshee, kobiecym demonem błąkającym się po górach, który w irlandzkim folklorze jest także zwiastunem śmierci. Nazywana jest czasem zdrobnieniem *Ban-Nigheachain*, Małą Praczką lub *Nigheag na h'Atha*, Małą Praczką przy Brodzie.

Bean-Nighe ma długie i splątane włosy, a jej oczy są zawsze pełne smutku i żalu. Legendy mówią, że Praczki są duszami kobiet zmarłych przy porodzie i teraz muszą wykonywać swoje ponure zadanie do dnia, w którym zmarłyby normalnie. Opisy Bean-Nighe różnią się zależnie od rejonu, z którego dane opowieści pochodzą. Na wyspie Skye opisywano ją jako starą kobietę o posturze małego i żałosnego dziecka. W Perthshire jako małą i pulchną kobietę ubraną na zielono. Bez względu na jej wygląd, wszystkie legendy potwierdzają, że można jednak podejść do tej demonicznej istoty. I tu jednak też spotykamy różnicę, zależnie od lokalizacji. Stare ustne przekazy mówią, że wystarczy podejść do niej od przodu, by dzielił nas strumień, gdyż Bean-Nighe, jak każda istota z innego świata, nie może przekroczyć strumienia. Inne opisy mówią, że trzeba się do niej zakraść niepostrzeżenie, bo jak ona nas pierwsza zobaczy, to stracimy władzę w nogach i zostaniemy w tym miejscu na zawsze. Gdy jednak uda nam się zbliżyć do Praczki, to możemy zażądać spełnienia życzenia, informacji, kto ma umrzeć lub zmusić ją, by wyjawiła nam naszą przyszłość.

BROWNIE

Brownie, lub bardziej po szkocku - Broonie (w języku gaelickim *brunaidh*), to w szkockim folklorze domowe duszki lub hobgobliny, przywodzące na myśl słowiańskie domowe skrzaty. Często nagie lub ubrane w łachmany, wychodziły ze swych kryjówek nocami i wykonywały różne domowe prace, pomagając tym samym gospodarzom. W najstarszych przekazach opisywane jako dość brzydkie stwory wielkości człowieka, dopiero w późniejszej tradycji przedstawiane były jako niewielkie istoty, choć nadal mało urodziwe. Gospodarze na noc lub pod ich nieobecność wystawiali koło kominka miskę z mlekiem lub śmietaną jako podarunek i zapłatę dla Brownies za pomoc w pracach domowych.

Brownies bywały jednak złośliwe, szczególnie dla bardziej leniwych gospodarzy. Potrafiły nawet odejść z miejsca zamieszkania, jeśli poczuły się obrażone lub nie otrzymywały podziękowań. A gdy ktoś próbował im podarować ubrania lub ochrzcić je, wynosiły się natychmiast i nigdy nie wracały. Uważano, że Brownies są duchami zmarłych sług lub przodków, którzy mieszkali dawniej w danym domu.

Brownies najczęściej zamieszkiwały na nizinach, a najwięcej opowieści o tych stworzeniach przetrwało w Scottish Borders, Angus czy Dumfries and Galloway. Brownies są jednymi z nielicznych stworzeń w szkockim folklorze, które były lubiane i mile widziane przez gospodarzy. I nic dziwnego. Posprzątały, naprawiły, zwierzętami się zajęły. Może i czasem bywały psotne i złośliwe, ale w ogólnym rozrachunku było z nich więcej korzyści niż szkód.

KELPIE

Kelpie to jedno z najbardziej znanych mitycznych stworzeń w szkockim folklorze. Etymologia słowa „kelpie" jest niepewna, choć wydaje się pochodzić od gaelickiego „*Cailpeach*", oznaczającego źrebię. Kelpie to zmiennokształtny duch, który najczęściej przybiera postać konia. Zamieszkuje strumienie, rzeki i jeziora. Dawniej opisywany był jako szary lub biały koń wynurzający się spod tafli wody. Dopiero późniejsza literatura przedstawiała go jako pięknego, czarnego rumaka, który czai się przy brzegach jezior i atakuje podróżnych. Charakterystyczną cechą kelpie są jego kopyta, które są odwrócone w porównaniu do kopyt normalnego konia. Niektóre podania mówią, że potrafi przybierać postać człowieka, choć wtedy pozostają mu końskie kopyta. Często jest mylony z innym stworzeniem ze szkockich legend, *Each-Uisge*, Koniem Wodnym.

Kelpie w swojej końskiej formie potrafi wydłużyć grzbiet, by więcej ofiar porwać pod wodę. Istnieje wiele legend o grupach dzieci, które wsiadły na grzbiet konia, który porwał je w wody jeziora. Znane są też podania o białym Kelpie z rzeki Spey, który swym śpiewem wabił przyszłe ofiary. Sierść Kelpie była magicznie klejąca, więc każdy, kto próbował konia pogłaskać, nie mógł już oderwać rąk i demoniczne zwierzę wciągało go pod wodę. Kelpie nawet w postaci człowieka był istotą niebezpieczną, dlatego przestrzegano młode dziewczyny, by nie oglądały się za przystojnymi nieznajomymi. Kelpie skakał wtedy na swoją ofiarę i zgniatał ją w swym potężnym uścisku.

EACH UISGE

Koń Wodny (w języku gaelickim *Each Uisge*) to najpotężniejszy i najgroźniejszy z wodnych duchów. Ze względu na podobieństwo często jest mylony z Kelpie. Jednak podczas gdy Kelpie zamieszkuje zbiorniki słodkowodne, Each Uisge można spotkać w każdym zbiorniku wodnym, od mórz, poprzez szkockie fiordy, aż po głębokie jeziora w głębi lądu. Koń Wodny posiadał znacznie większe moce, niektórzy powiadali, że boskie. Potrafił przybierać postać ptaków, ludzi, kucyków i wiele innych. Często opisywany był jako potężny rumak zielonego koloru, czasem o ciemnej i lśniącej sierści, zawsze mokrej od wody, z wodorostami zaplątanymi w grzywę. Ta niezwykle niebezpieczna istota polowała nie tylko na ludzi, ale także na bydło i zwierzęta, które zapuszczały się zbyt blisko brzegu.

Na wyspie Lewis znajduje się niewielki pagórek, który do dziś nosi nazwę *Cnoc na Beist*, Wzgórze Potwora. Według miejscowych podań, jest to miejsce, gdzie Each Uisge został zabity przez brata kobiety, którą potwór próbował uwieść nad brzegiem Loch a'Mhuileinn. Niektóre legendy podają, że stworzenia te miały niekończący się apetyt i pożerały swoje ofiary, zanim jeszcze zaciągnęły je do wody. Jednak odważni śmiałkowie mogli dosiąść konia wodnego, pod warunkiem, że przebywał on w głębi lądu. Gdy bestia poczuła wodę, nikt już nie był w stanie jej zatrzymać.

Jednym z ulubionych miejsc Each Uisge jest ukryte w górach wyspy Skye jezioro Coruisk. To przepiękne miejsce pośrodku dawnej kaldery wulkanicznej do dziś urzeka pięknem i tajemniczością.

BLUE MEN OF MINCH

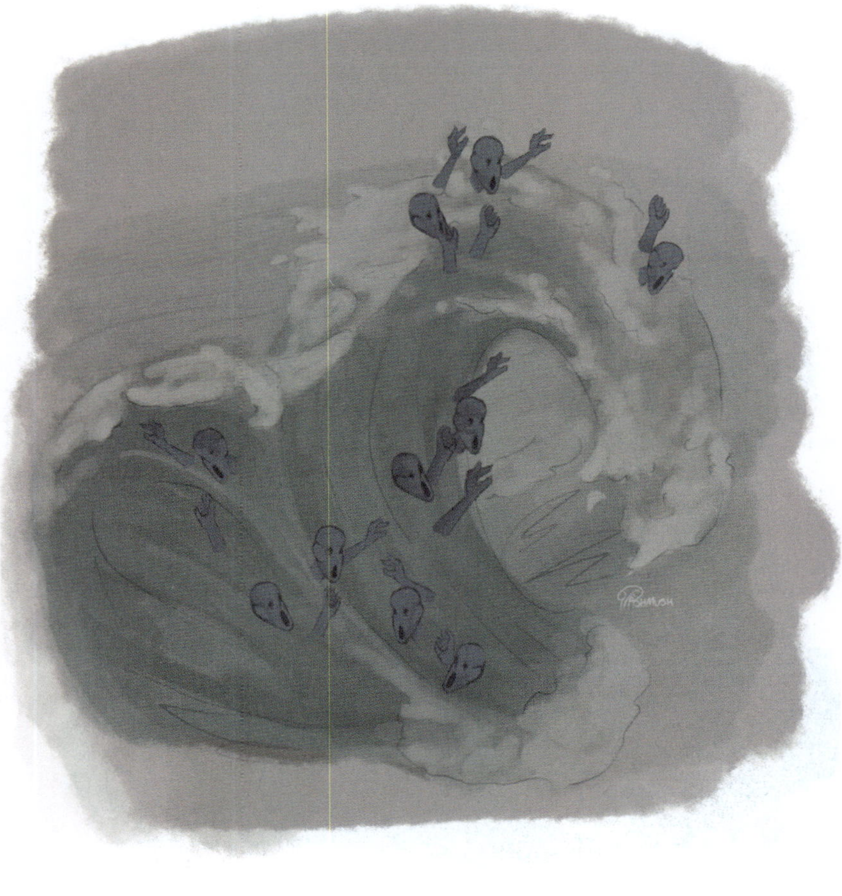

Blue Men of the Minch zwani bywali także Burzowymi Kelpie (w języku gaelickim *Na Fir Ghorma*). To mityczne stworzenia zamieszkujące wody cieśniny Minch, między północnymi wyspami Hebrydów Zewnętrznych a stałym lądem. Czyhają na nieostrożnych żeglarzy, by porwać ich z pokładu lub jednym dotknięciem zatopić całą łódź. Skóra tych istot jest koloru niebieskiego, poza tym wyglądają jak zwykli ludzie. Niebiescy ludzie pływają z tułowiem wysoko uniesionym ponad powierzchnię wody, w której kręcą się i skaczą niczym delfiny. Potrafią mówić i czasem to wykorzystują podpływając do statku i wykrzykując kapitanowi fragment poezji, każą dokończyć wiersz. Jeśli kapitan tego nie zrobi, będą próbować wywrócić statek. Gdy morze jest spokojne, Niebiescy Ludzie śpią. Lecz gdy się budzą, natychmiast wzbudzają sztormy i ogromne fale.

Mimo wszystkich opowieści o Niebieskich Ludziach, którzy tylko czekają by porwać żeglarzy w odmęty oceanu, przez większość czasu byli oni przyjaźnie nastawieni do ludzi, jeśli byli przez nich dobrze traktowani. Dawniej istniała tradycja wlewania kufla piwa do morza jako prezent dla Niebieskich Ludzi w nadziei, że zostawią na brzegu morza wodorosty, które wykorzystywano jako nawóz. W noc Samhain nad morzem zapalano świecę na znak pokoju i by zyskać życzliwość tych stworzeń.

BEITHIR

Beithir w szkockim folklorze pojawia się w wielu miejscach i w różnych formach, gdyż to określenie odnosi się do kilku stworzeń. Słowo *beithir* może oznaczać węża, błyskawicę lub grzmoty. W ogólnym znaczeniu po prostu dziką bestię, a nawet smoka, lecz bez skrzydeł. Najsłynniejszym smokiem, po którym do dziś zostały ślady był smok z Ballachulish. Mieszkał on na zboczu góry Beinn a' Bheithir, Szczycie Pioruna w Corrie Liath.

Beithir był też opisywany jako ogromny wąż, który na ogonie ma jadowite żądło. Jeśli ktoś został ukąszony przez beithira, musiał jak najszybciej dotrzeć do najbliższej rzeki lub jeziora. Ważne było, by dotrzeć tam przed wężem, bo jeśli bestia była szybsza, to ofiara nie miała szans na uleczenie. Mawiano też, że jeśli zabije się zwykłego węża, to należy oddzielić jego głowę od reszty ciała i zakopać w znacznej odległości lub zniszczyć. Inaczej głowa połączy się z ciałem i wąż odrodzi się jako beithir.

W wielu interpretacjach beithir jest postrzegany jako symbol nieokiełznanych sił natury, a jego powiązanie z burzami i grzmotami podkreśla rolę strażnika miejsc dzikich i niedostępnych. I chyba dlatego miejsca w których bywa beithir to niedostępne góry, głębokie jaskinie lub morskie głębiny. I właśnie w tych ostatnich najczęściej go widywano, a żeglarze często byli świadkami jak wielki wąż morski przepływał w pobliżu ich statków.

SITH

Wróżki są fundamentem dawnych szkockich wierzeń, ponieważ większość mitycznych stworzeń pochodzi właśnie od wróżek lub z ich świata zwanego Faerie lub Elfame. Wszystkie wróżki nazywane były *Sith*, co oznacza właśnie wróżki. Słowo to pochodzi prawdopodobnie z mitologii irlandzkiej, gdzie w Księdze z Lanister opisano starożytną rasę *Aos Sidhe*, Ludzi Pokoju. Jednak szkockie wróżki to wcale nie były małe istoty ze skrzydełkami, przypominały najczęściej zwykłych ludzi. Niektóre opisy przedstawiają je jako eteryczne i delikatne istoty, które przyciągają swym pięknem. Czasem miały wydłużone uszy jak u elfów, ubierały się przeważnie w zielone lub białe szaty i posiadały wiele magicznych zdolności. Tymi zdolnościami potrafiły obdarowywać ludzi, choć czyniły to rzadko. Wśród sithów były też wróżki niebezpieczne i groźne, których lepiej było nie spotykać.

Wróżki potrafiły się przedostawać do naszego świata za pomocą portali, które otwierały w miejscach odludnych i niedostępnych. Często były to specyficzne skały, pagórki lub jaskinie. Ludzie mieli tam dostęp tylko wtedy, gdy przez przypadek odkryli otwarte przejście. Jednak czasem była to pułapka i wchodzący tam człowiek już nigdy nie wracał. Według dawnych tradycji, wróżki były odpowiedzialne za większość ludzkich nieszczęść, jak choćby ból zęba, spleśniały ser, chore bydło czy pobłądzenie w lesie. Najlepszą i najskuteczniejszą bronią przeciw wróżkom było żelazo. Wystarczył nawet mały kawałek żelaza jako amulet i wróżki trzymały się z daleka. Czasem jednak udawało się wejść w ich łaski i uzyskać pomoc lub otrzymać szczególne zdolności.

Maciej Kowalkowski

BAOBHAN SITH

Baobhan Sith to jedna z najgroźniejszych wróżek w folklorze szkockim. W normalnej postaci jest demoniczną kobietą z jelenimi kopytami, które zakrywa długą suknią. Czasem przybiera postać kruka lub wrony, choć najczęściej pokazuje się jako piękna dziewczyna, która uwodzi młodych mężczyzn, głównie myśliwych, po czym zabija i wypija ich krew. Legendy mówią, że myśliwi polujący w highlandach przyciągali Baobhan Sith, gdyż po polowaniu wokół roztaczał się zapach krwi. Demony te wtedy przybierały postać pięknych dziewcząt i zapraszały mężczyzn do tańca, podczas którego myśliwy zapadali w trans, a tymczasem Baobhan Sith wypijały ich krew. Potrafiły one czytać w myślach i dostosowywać swój wygląd tak, by przyszła ofiara nie mogła się oprzeć urokowi.

Jak każda wróżka, tak i Baobhan Sith bała się żelaza. W opowieściach ze szkockich gór znajdziemy więc relacje świadków, którym udało się przeżyć spotkanie z tymi istotami. Wystarczyło bowiem szybko stanąć między końmi lub na nim usiąść. Konie są podkute żelaznymi podkowami, więc wróżki trzymają się od nich z dala.

CAOINEAG

Płaczka (w języku gaelickim *caoineag*) to kolejny żeński duch w szkockim folklorze. Podobno każdy klan miał swoją Caoineag, która była kuzynką irlandzkiej banshee. Zwykle jest niewidzialna, choć czasem ukazuje się jako upiorna zjawa z długimi splątanymi włosami w obdartych szatach. Jej zawodzące lamenty i płacze można usłyszeć nocą przy wodospadach i nad strumieniami. Jej płacz zwiastuje śmierć kogoś w jej klanie, a szczególnie dotyczy to wojowników, którzy wyruszyli na bitwę. Według starych podań klanowych, podobno przed masakrą w Glencoe słychać było głośne zawodzenie Caoineag klanu. Ci, którzy usłyszeli jej płacz, opuścili dolinę i zdołali przeżyć tę tragiczną noc.

Płaczka zwiastowała śmierć, tak jak jej kuzynka Bean-Nighe, jednak do Caoineag nie można było podejść i prosić o życzenia czy wiedzę. Jeśli przeszkodzi się jej w lamentach, uderzy mokrym szalem w nogi, które staną się bezwładne. Na Islay, gdy zbliżała się śmierć kogoś z powodu choroby, Płaczka pojawiała się przed drzwiami ubrana w zielony szal i zaczynała lamentować. Raz wpuszczono ją do domu i ktoś z litości podał jej koc, by się ogrzała. Caoineag spojrzała zaskoczona i odeszła, nigdy już tam nie wracając.

Maciej Kowalkowski

CAT-SITH

Cat-Sith to Kot Wróżek, który posiadał nadprzyrodzone moce. Był większy od zwykłych kotów, wielkości dużego psa, cały czarny z białą plamką na piersi. Jego oczy mocno świecą w ciemności, ponadto niektóre legendy podają, że potrafił stawać na tylnych łapach i mówił jak człowiek. Powszechnie uważano, że Cat-Sith był w rzeczywistości wiedźmą, która potrafiła dziewięć razy zmienić się w kota. To przekonanie mogło przyczynić się do powstania współczesnego poglądu, że każdy kot ma dziewięć żywotów. W noc Samhain, które obecnie przekształciło się w Helloween, uważano, że granice między światami zanikają i Cat-Sith mógł się pojawić podczas świętowania. Wystawiano wówczas przed domami spodki z mlekiem, mając nadzieję na błogosławieństwo od tego tajemniczego zwierzęcia. Jeśli ktoś takiej ofiary nie złożył, groziło mu przekleństwo a krowy przestawały dawać mleko.

Tradycją też było czuwanie przy ciele zmarłego, aż do bezpiecznego pochówku, Wierzono bowiem, że Cat-Sith może porwać duszę zmarłego, zanim bogowie wezmą ją do siebie. Czuwanie nie było łatwe i żeby nie usnąć w tym trudnym czasie, wymyślano wszelakie gry, by odwrócić uwagę Kota Wróżek. Tajemniczy Cat-Sith był ucieleśnieniem dzikiego ducha szkockich wyżyn, a legendy o nim często opowiadano przy domowych ogniskach.

CU-SITH

Cu-Sith opisywany jako duży pies wielkości małej krowy o kudłatej i ciemnozielonej sierści. Jego oczy płonęły ognistym blaskiem, a długi ogon bywał zaplatany przez wróżki. Ten widmowy pies zamieszkiwał wszelkie skalne rozpadliny i wędrował po rozległych wrzosowiskach. Polował w całkowitej ciszy, ale od czasu do czasu wydawał trzy przerażające szczeknięcia, które mogły być słyszane w promieniu wielu mil. Ci, którzy owe ujadanie usłyszą, muszą dotrzeć w bezpieczne miejsce przed trzecim szczeknięciem, w przeciwnym razie ogarnie ich ogromny strach, który pozostanie z nimi do końca życia.

Cu-Sith był w pewnym sensie zwiastunem śmierci. W przeciwieństwie do Cat-Sitha, który odbierał duszę zmarłych, ten widmowy pies mógł wyrwać też duszę z żywych ludzi i prowadził ją do podziemnego świata wróżek. Uważano, że kobiety karmiące były najbardziej narażone na ataki Cu-Sith. Psy bowiem zawsze próbowały porywać młode matki, by zmusić je do karmienia dzieci wróżek. Kiedy więc słychać było ujadanie Cu-Sith, zamykano kobiety w chatach, do których pies nie miał dostępu.

Niektóre tradycje mówią, że znalezienie zęba Cu-Sitha może przynieść szczęście. Kieł umieszczony w wodzie pitnej nadaje jej właściwości uzdrawiające bydło domowe.

FACHAN

Fachan, choć zwany czasem Direach Ghleann Etitch, Karłem z Glen Etive, był dziwacznym olbrzymem. Miał jedno oko pośrodku twarzy, jedną rękę wystającą z klatki piersiowej i jedną nogę. Na czubku głowy miał pojedynczy kosmyk włosów sterczący ku górze. W jedynej ręce trzymał kolczastą maczugę, którą przeganiał wszystkich, którzy się doń zbliżą. Nienawidził ludzi, dlatego z zapamiętaniem niszczył farmy i gospodarstwa. Powiadano, że Fachan budził tak ogromny strach, że samo ujrzenie go wywoływało u zdrowych ludzi zawał serca.

Fachan z Glen Etive nazywał się Mhiccallain i bardzo łatwo znaleźć można było jego legowisko, gdyż nienawidził żadnych przejawów życia, więc miejscem jego zamieszkania było pozbawione traw, wrzosów i drzew pustkowie. Jednak mało kto miał ochotę na szukanie jego siedliska. Jednym z tych, którzy przeżyli spotkanie z tym stworem był Murachadh Mac Brian. Oboje się ścigali i Fachan przegrał, gdyż z jedną nogą nie dał rady zdrowemu młodzieńcowi. Mac Brian został później królem Irlandii.

GHILLIE DHU

Ghillie Dhu pochodzi ze świata wróżek i jest typem samotnika. Jest miły i powściągliwy, choć miewa czasami dość dziki charakter. Ghillie Dhu znaczy Ciemny Chłopiec, co nawiązuje do jego koloru włosów. Opisywano go jako przystojnego młodzieńca o ciemnych włosach i czarnych oczach. Ubrany był w liście i mchy. Zamieszkiwał lasy, szczególnie lubił brzozowe zagajniki w okolicach Gairloch i Loch a'Druing. Ghillie Dhu był oddany naturze i znał wszystkie leśne ścieżki.

Relacje o spotkaniach Ghillie Dhu pojawiały się do końca XVIII wieku. Pojawiał się i znikał niczym duch wtapiając się w otoczenie. Jego ubranie działało jak kamuflaż, więc przez większość czasu był dla ludzi niewidoczny. Ghillie Dhu był niezwykłym strażnikiem lasów posiadającym głębokie zamiłowanie do natury i dzikiej przyrody. Czuwał nad lasami i jego mieszkańcami, a zagubionym dzieciom lub podróżnikom wskazywał właściwą drogę.

CEASG

Ceasg to syreny, które występują w opowieściach na całym świecie, także w Szkocji. Różnie je tutaj nazywano. *Ceasg* znaczy po prostu syrena, ale nazywano je też Dziewicami Fal (*Maighdeann na Tuinne*) lub Dziewicami Morza (*Maighdeann Mhara*). W zależności od regionu, opisywano je jako piękne pół kobiety – pół ryby lub jako brzydkie monstra, gdzie górna, kobieca część miała pomarszczoną i zielonkawą skórę, a dolna ogon jak u grilse, młodego łososia. W niektórych opowieściach syreny były dobrymi stworzeniami, które nawet przybierając całkowicie ludzką postać wychodziły za mąż za poznanych rybaków, którym pokazywały najlepsze łowiska. Mówiło się, że najlepsi żeglarze i rybacy są potomkami takich związków.

Inne opowieści nie są już tak optymistyczne. Ceasg budziły wśród ludzi strach i obrzydzenie, a ich śpiew bywał dla ludzkich uszu nie do zniesienia. Na wyspie Benbecula często wylegiwała się taka syrena na przybrzeżnej skale i śpiewała, choć dla ludzi ten śpiew był mieszaniną drażniących dźwięków. Pewnego dnia do tej małej i niezbyt urodziwej istoty zakradł się młody chłopak z okolicznej wioski. Chcąc ją wystraszyć, rzucił kamieniem. Niestety trafił ją w skroń i biedna syrena zmarła. Dla miejscowych to stworzenie było czymś z natury złym, więc zabrano ciało i pochowano w znacznej odległości od morza. Grób przywalono wielkim głazem, który do dziś gdzieś tam stoi.

Maciej Kowalkowski

SELKIE

Selkie często są mylone z syrenami i choć mają tak samo dwoistą naturę, to jednak różnią się od syren znacznie. Są to mityczne stworzenia, które mogą zmieniać swoją postać między foką a człowiekiem. Mają one szczególne znaczenie w szkockim folklorze, szczególnie na Orkadach i Szetlandach. Jako foki, Selkie mają typowy wygląd tych morskich ssaków. Potrafią jednak wypłynąć na brzeg i zrzucić foczą skórę, przybierając wtedy ludzką postać. Najczęściej jednak legendy opisują je jako piękne dziewczyny, które baraszkują nad brzegiem morza.

W niektórych regionach Selkie były postrzegane jako zwiastuny nieszczęścia, szczególnie wśród rybaków i marynarzy. Czasami, choć rzadko, nazywano je także Foczymi Dziewicami (*Maighdeann-roin*). Niektóre opowieści szetlandzkie mówią o Selkie, które wabiły ludzi do morza, z którego już nigdy nie wracali.

NESSIE

Nessie to najsłynniejsze stworzenie w szkockim folklorze, choć niektórzy twierdzą, że to dość współczesna legenda sięgająca roku 1933, gdy wykonano najsłynniejsze zdjęcie, które ma rzekomo potwora przedstawiać. Wtedy też ów stwór otrzymał swoje imię Nessie (w języku gaelickim Niseag). Opisywany jest jako duży stwór z długą szyją i mniejszą głową, jednym lub kilkoma garbami i długim ogonem. Wyglądem ma przypominać plezjozaura. Unika ludzi i rzadko się pokazuje. Tylko czy aby ta legenda jest faktycznie współczesna?

Najstarsze wzmianki o potworze grasującym w okolicy Loch Ness, a dokładniej w rzece Ness, która wypływa z jeziora, pochodzą z VII wieku naszej ery. Adamnan, który spisał żywot świętego Kolumba opisał zdarzenie jakie miało miejsce nad rzeką Ness sto lat wcześniej. Kolumba przebywał wtedy w krainie Piktów i natknął się na lokalnych mieszkańców, którzy właśnie chowali zmarłego. Opowiedzieli oni, jak to potwór z rzeki zaatakował ich przyjaciela i wciągnął pod wodę. Kolumba wybrał jednego ze swoich braci i nakazał mu przepłynąć rzekę. I wtedy potwór znów się pokazał. Kolumba zrobił znak krzyża i nakazał stworowi odpłynąć. Potwór zatrzymał się i po chwili uciekł.

Bez względu na to, czy Nessie został wymyślony niedawno, czy jednak sięga czasów zamierzchłych, jego legenda na stałe wpisała się do szkockiego folkloru, a poszukiwania potwora z Loch Ness trwają do dziś.

NUCKELAVEE

Nuckelavee to demoniczny koń, który jest jednym z najstraszniejszych stworzeń północnych szkockich wysp. Jest silnie zbudowany, a jego nogi mają częściowo płetwę jak u ryby. Najstraszniejsze w jego wyglądzie jest to, że demoniczny koń pozbawiony jest skóry. Przez widoczne żyły przepływa czarna krew, a ścięgna i mięśnie przypominają pulsującą masę, której gnicie roztacza ogromy smród. Jedyne oko na głowie płonie czerwonym płomieniem. Oddech Nuckelavee powoduje więdnięcie plonów i choroby zwierząt gospodarskich. Demon sprowadza też wszelkie epidemie i susze, choć sam mieszka w morzu. Nie znosi zapachu palonej listownicy cukrowej, wodorostów zwanych sugar kelp, z których końcowy produkt wykorzystywano jako nawóz. Wpada wtedy w szał i niszczy wszystko na swej drodze. Powstrzymać go może tylko morskie bóstwo zwane Mither o' the Sea. Nazwa „*nuckelavee*" oznacza Diabła Morskiego, co doskonale oddaje naturę tego stworzenia. Wyspiarze nigdy nie wymawiali na głos jego imienia, bez uprzedniej modlitwy. Często widywano go w pobliżu plaż, ale rzadko oddalał się od morza. Nuckelavee bał się słodkiej wody, więc jedyna ucieczka przed potworem wiodła zawsze do najbliżej rzeki, jeziora lub strumienia. Deszcz także był sprzymierzeńcem i odstraszał demona.

TARBH-UISGE

Byk Wodny (w języku gaelickim *Tarbh-Uisge*) zamieszkuje wszelkie jeziora na rozległych wrzosowiskach szkockich. Jest większy od typowej szkockiej krowy, a jego kudłata sierść jest czarna i aksamitna. Mimo, że posiadał podobne moce jak Koń Wodny, to jednak był stworzeniem bardziej przyjaznym i miłym. Z wody wychodził najczęściej nocami na krótki wypas i w poszukiwaniu zwykłych krów, z którymi się rozmnażał. Cielęta będące wynikiem takiego „związku" rodziły się z mniejszymi lub rozdwojonymi uszami. Ryk Tarbh-Uisge był tak donośny, że odbijając się echem wśród gór, był słyszany na wiele mil dalej. Niektóre podania mówią o atakach złowrogiego Byka Wodnego, jednak z reguły zwierzę było spokojne i ignorowało ludzi, którzy znaleźli się w pobliżu. Podobno często był widywany nad Loch Atriochtan w Glen Coe. Na wyspie Skye uznawano je za przynoszące pecha, a niektóre opowieści sugerują, że Tarbh-Uisge można było zabić srebrem.

WULVER

Wulver to stworzenie przypominające człowieka z głową wilka, a jego ciało pokryte było krótką, brązową sierścią. Czasami mylnie nazywany wilkołakiem, choć wcale nim nie był. To przedwieczny duch, który nie posiadał zdolności przemiany z człowieka w wilka i odwrotnie. Po prostu był taki od zawsze. Zamieszkiwał Szetlandy, gdzie przesiadywał na skale przy strumieniu i łapał ryby, które zjadał. Skała ta do dziś nosi nazwę Wulver's Stane. Był stworzeniem łagodnym i nie atakował ludzi, jeśli oni jego nie atakowali. Często zostawiał ryby na parapetach, gdzie mieszkali biedniejsi mieszkańcy wysp. Wulvera podobno widywano jeszcze na początku XX wieku, ale później słuch o nim zaginął.

AN DUINE MOR

An Duine Mor, Wielki Człowiek, widywany był na wrzosowiskach Rannoch, gdy ktoś potrzebował pomocy. Nikt dokładnie nie wie, jak wyglądał, gdyż zawsze ukazywał się we mgle lub ulewnym deszczu, stojąc gdzieś w oddali.

W lutym 1692 roku, gdy rozpoczęła się masakra MacDonaldów, rodzina Robertsonów uciekła z Glencoe. Zmierzając w stronę wrzosowisk, słyszeli z daleka krzyki mordowanych i widzieli łunę podpalanych chat. Padający śnieg wkrótce zmienił się w zamieć i widoczność spadła do zera. Gdy niektórzy MacDonaldowie w tę mroźną noc uciekali ku Lost Valley, Robertsonowie byli już na wrzosowiskach, ale krążyli zdezorientowani w zamieci. Wtedy zauważyli jakąś postać niewyraźnie majaczącą przed nimi. Gdy ruszyli w jej kierunku, postać oddalała się, ale pozostawała w zasięgu wzroku. I tak przez kilka godzin, aż śnieżna zamieć ustała, a rodzina stwierdziła, że jest na dobrej drodze. Dziwna postać zniknęła. An Duine Mor wyprowadził zagubionych z wrzosowisk.

Maciej Kowalkowski

BROLLACHAN

Brollachan nigdy nie został dokładnie opisany, gdyż przybiera on postać bezkształtnej, czarnej masy. Może mieć wysokość metra lub...trzech. Czasem widać płetwiaste kończyny i zawsze czerwone, drapieżne oczy. Brollachan unika miast i wsi. Ukrywa się w głębokich i ciemnych jamach, zapadliskach lub jaskiniach. Nie lubi ludzi i terenów zadrzewionych. Preferuje wrzosowiska i bliskość wody. Niektóre źródła mówią, że potrafi niczym demon opętać ofiarę i weń wniknąć. By go wypędzić, stosowano różne zioła w połączeniu z intonacją zaklęć i rytualnym śpiewem. Gdy Brollachan powoli się ukazywał, trzeba było uważać, bo mógł szybko wniknąć w kolejną ofiarę. Na koniec przepędzano go ogniem, gdyż stwór nie lubił światła pod żadną postacią.

WILD HAGGIS

Wild Haggis to dość zabawne i humorystyczne stworzenie, które nawiązuje do słynnej szkockiej potrawy, jaką jest haggis. Dziki Haggis mieszka w górach i na wrzosowiskach, gdzie biega dookoła gór lub pagórków, zawsze w jedną stronę. Są dwie odmiany Dzikiego Haggisa, jedna ma dwie lewe łapy dłuższe, druga dwie prawe. Ta pierwsza zawsze biega wokół wzgórza zgodnie z ruchem wskazówek zegara, druga w przeciwnym kierunku. Zwierzęta te są wielkości oczywiście haggisa i niektórzy sobie żartują, że ta potrawa jest robiona właśnie z nich. Te niewielkie stworzenia porośnięte brązowym futerkiem nie stanowią zagrożenia dla ludzi, ale trzeba bardzo uważać, by im krzywdy nie zrobić. Biegają bowiem w kółko wśród wrzosów i łatwo je nadepnąć. W starożytności uważano, że dostrzeżenie Dzikiego Haggisa przynosiło szczęście, dobrobyt i same dobre zmiany.

POWRIE

Powrie jest bardziej znany jako Redcap, czyli Czerwony Kapturek. Jednak nie jest to ta postać, którą znamy z bajek. Szkocki Czerwony Kapturek to niski, krępy i stary gnom lub goblin z długimi uszami, ostrymi zębami i chudymi palcami zakończonymi ostrymi szponami jak u orła. Jego oczy są duże i ognistoczerwone, a na nogach nosi długie skórzane lub żelazne buty. W ręku trzyma dzidę zakończoną ostrym grotem, a na głowie nosi czerwoną czapę. Powrie jest z natury istotą złą i okrutną, zabija każdego kogo napotka, lub prawie każdego, bo czasami służył różnym panom na zamkach, i pomagał pozbywać się ich wrogów. Oczywiście nie za darmo. Zawsze, gdy kogoś zamordował, brał swoją czapkę i moczył ją we krwi ofiary, przez co przybierała ona coraz bardziej szkarłatny kolor i coraz większe magiczne moce. Czerwone Kapturki upodobały sobie szkockie pogranicze i nie bez powodu właśnie przy zamkach graniczących z Anglią można było je najczęściej zobaczyć. Tam bowiem co rusz dochodziło do krwawych bitew, co Powrie bardzo lubiły. Były szybkie i silne, dla ludzi praktycznie nie do pokonania.

GLAISTIG

Glaistig to duchowa postać pochodząca także od wróżek, często ubrana była w zieloną suknię. Niektóre opisy ukazują ją jako ducha pięknej kobiety, inne zaś mówią o strasznie wyglądającej istocie z twarzą przypominającą szarą skałę z porostami. Glaistig potrafiła być złośliwa jak każda istota ze świata wróżek, choć często dobrze było mieć ją w swoim obejściu. Pomagała opiekować się dziećmi, choć bywały przypadki, że małe pociechy były przez nią porywane. Z reguły opiekowała się też bydłem w zamian za miskę mleka. Nocami zjawa oddzielała młode cielaki od matek, by rano zostawało mleka dla gospodarzy. Glaistig nazywano też Zieloną Dziewicą (w języku gaelickim *Maighdeann uaine*) i opisywano ją jako boginię łowów. Utrudniała ona polowania myśliwym, ukrywając stada jeleni przez ich wzrokiem. Jeśli jednak złożyło się jej odpowiednią ofiarę, to pozwalała polować.

CAILLEACH

Cailleach to potężna bogini, czasem opisywana jako wiedźma. Miała wiele imion, nazywano ją Starą Matką Jeleni, Kobietą z Nakrapianej Góry i Beirą. Była boginią zimy, która często zasiadała na szczycie Ben Nevisa. To ona stworzyła szkockie góry i wyspy, które kształtowała uderzając w nie młotem. Zawsze dbała o jelenie na szkockich wrzosowiskach, gdy przebywała w chacie na Beinn a'Bhric, Nakrapianej Górze. Jej mała świątynia, Tigh na Bodach, do dziś pozostaje ukryta głęboko w górach doliny Lyon. Zawsze przed nadejściem i sprowadzeniem zimy, Cailleach pierze swój pled w wirze Corryvreckan, który znajduje się między wyspami Jura i Scarba.

Cailleach przedstawiana jest jako stara kobieta o białej lub niebieskiej skórze i pomarszczonej twarzy. Jest nieśmiertelną boginią, choć są opowieści, które mówią o jej śmierci. Każdego roku walczy z wiosną, by wreszcie zmęczona odejść do swego domostwa w Gleann Cailliche, gdzie odpoczywa aż do następnej zimy.

Maciej Kowalkowski

ASHRAY

Ashray lub Asray to zapomniane już istoty, które zamieszkiwały wody Loch Achray. Często widywano je w Anglii, stąd błędny pogląd, że owe stworzenia pochodzą z tamtejszego folkloru. Zwane także Wodnymi Kochankami, przedstawiane są jako humanoidalne duchy wodne, których półprzeźroczysta skóra nadaje im eterycznego i trochę upiornego wyglądu. W ciemności otoczone są lekką poświatą, a w ich włosach widać splątaną roślinność wodną. Są to istoty wodne i nie mogą przetrwać na powierzchni przez dłuższy czas. Światło słoneczne powoduje, że Ashrays przebywające z dala od swego jeziora zmieniają się kałużę, której woda jest przeklęta.

Stworzenia te mylone są z nimfami wodnymi, które również potrafią uwieść swoją urodą. Ashrays przebywają głównie głęboko pod wodą, a na powierzchni można je zobaczyć tylko w bardzo mgliste dni, w półmroku lub nocami.

Maciej Kowalkowski

LOIREAG

Loireag to bardzo stara nimfa wodna, mieszkająca na mglistych zboczach Beinn Mhor, najwyższej góry na wyspie South Uist. Ta starożytna istota kocha muzykę i z zamiłowaniem przesiaduje przy strumieniach nasłuchując, jak kobiety z wyspy śpiewają tradycyjne Orain Luaidh, gaelickie piosenki podczas ostatniego etapu wytwarzania tweedu.

Miejscowe tkaczni jej nie tolerują, bo nimfa bywa psotliwa i złośliwa. Jeśli Loireag uzna, że któraś z dziewczyn źle śpiewa lub fałszuje, to potrafi popsuć a nawet ukraść im wełnę, z której tkają tweed.

Często widuje się ją latającą po niebie ze swym starym tweedowym workiem i śpiewającą stare gaelickie pieśni. Podobno Loireag sama posiada piękny głos, mimo jej podeszłego wieku.

MORAG

Morag to potwór z Loch Morar, starożytny kuzyn potwora z Loch Ness. Współczesne opisy upodobniają go do Nessie, jednak zapiski z początku XVI wieku opisują to stworzenie inaczej. Morag z Mordhobhar to wielki wąż ukrywający się w głębinach jeziora, które jest jednym z najgłębszych w Szkocji. Gdy unosił się na powierzchni wody, miejscowi mawiali, że pływa jak *cnap dubh*, czarna kupa.

Gdy światło pełni księżyca oświetla wody Loch Morar, Morag wypływa na powierzchnię, a jego czerwone oczy zdają się oświetlać fale jeziora. Wąż często wtedy wypełza na jedyną z wysp na jeziorze, *Eilean nam Breac*, by tam odpocząć. Najstarsze przekazy głoszą, że Morag z Mordhobhar może przybrać postać Pani Jeziora, która była zwiastunem śmierci dla starych MacDonaldów z Morar. Podobno Dougall MacDonald dostrzegł potwora w 1510 roku i postanowił sprzedać ten kawałek przeklętej ziemi.

Legendy i opowieści

Legenda o Powrie

Bardzo blisko granicy z Anglią stoi stara forteca, Hermitage Castle. Należała ona do rodziny de Soulis. W XIII wieku rezydował w nim William de Soulis znany ponoć ze swego okrucieństwa. Jeden redcap o imieniu Robin, obserwował go i wreszcie podszedł do Williama. Oferował mu magiczne zdolności. Żaden miecz i stal nie mogły go zabić, ani żaden sznur związać. W zamian Robin zażądał tego, czego zawsze pragną czerwone kapturki. Krwi ofiar, by mógł w niej zanurzać swój czerwony czepiec. Bo im więcej krwi tym kaptur bardziej szkarłatny. William de Soulis wraz z Robinem siali terror na pograniczu, aż wreszcie ludzie mieli ich dość i obmyślili plan. Zwabili ich do magicznego kamiennego kręgu Ninestane Rig, niedaleko zamku Hermitage. Schwytali de Soulisa, a że nie mogli go związać żadnym sznurem, użyli ołowianego łańcucha. Stal też nie działała na okrutnego Williama, więc wrzucono go do kotła stojącego pośrodku kamiennych kręgów i ugotowano żywcem. A Czerwony Kapturek uciekł, bo ciężko go złapać. Zabić jeszcze trudniej, podobno człowiek nie jest w stanie. Widywano ponoć Robina jeszcze wieki później, jak przechadzał się po murach ruin starych zamków na szkockim pograniczu. Uważajcie na błysk czerwieni, gdy tam będziecie. Czerwony Kapturek czyha w ruinach.

Legenda o Glaistig

Aonach Beag w masywie Ben Nevisa skrywa dawne historie. U jego podnóża znajdowała się (być może nadal jest) odległa farma Lianachan położona nad brzegiem Allt an Loin. W pobliżu znajdował się bród, gdzie często Glaistig przebywała. Ludzie znali opowieści o niej i obawiali się przekraczać strumień. Za strumieniem znajduje się niewielkie wzgórze, na którym dawniej stały ruiny, resztki starego domu. Jak dobrze poszukać, to i dziś można je odnaleźć, choć nie jest to łatwe. Ten stary dom jest ściśle związany z legendą o Glaistig.

Pewnego dnia do brodu nad strumieniem zbliżył się jeździec na koniu. Glaistig poprosiła go, by pomógł jej przejść na drugą stronę. Człowiek zgodził się, ale pod warunkiem, że tajemnicza kobieta usiądzie przed nim. Usiadła, a on szybko ją mocno chwycił i obwiązał magicznym pasem świętego Fillana. Gdy przejechali strumień Glaistig prosiła, by ją uwolnił. Mężczyzna już wcześniej domyślił się z kim ma do czynienia, więc odpowiedział, że uwolni, gdy ta spełni jego prośbę i wybuduje mu dom. Glaistig się zgodziła. Uwolniona wezwała różne magiczne potwory i w krótkim czasie dom został zbudowany. Mężczyzna wszedł do środka i rozpalił w kominku. Glaistig wyciągnęła rękę, by na pożegnanie uścisnąć dłoń mężczyźnie, lecz ten bardzo nieufny chwycił szczypcami rozżarzone w ogniu żelastwo i wcisnął szybko w dłoń kobiety. Ta krzyknęła z bólu i wybiegła na zewnątrz. Stanęła na wielkim głazie i rzuciła na mężczyznę klątwę Hostii Wróżek i Klątwę Potworów.

„Będziesz rósł jak trzcina i uschniesz jak paproć! Umrzesz w pełni sił, a na twe dzieci spadnie wcześnie szarość starości!"

Glaistig odeszła, a klątwa miała się spełnić.

Opowieść o Czarnej Wróżce

W sierpniu 1598 roku rozegrała się bitwa między klanami Maclean z Duart na wyspie Mull, a MacDonaldami z Islay. Bitwa pod Traigh Gruinard. Klan Maclean miał olbrzymią przewagę liczebną, jednak przegrali bitwę z MacDonaldami. Legenda głosi, że przed walką przybyła do MacLeanów Dubh Sith, Czarna Wróżka z wyspy Jura, oferując swe usługi. Wódz klanu, sir Laughlin MacLean miał odmówić i wysłać w stronę wróżki sporo obelg. Ta więc dołączyła do MacDonaldów. Ci przyjęli jej usługi bez zastanowienia i ruszyli do walki. To strzała Dubh Sith miała zabić Laughilna MacLeana, wodza klanu.

Legenda o Urisku

Dawno temu w Lochaber, gdzieś w Glen Mallie żył człowiek, którego zwano Dużym Alastairem. Był on zapalonym wędkarzem i często łowił pstrągi na swojej rzece. Tego wieczoru także postanowił się wybrać nad rzekę, gdyż pogoda była idealna na pstrąga. Ciepły letni wieczór, lekki deszcz i mgła. Chwycił więc wędkę i ruszył na połów. Ryby brały lepiej niż się spodziewał. Wyciągał jednego pstrąga po drugim, nawet nie miał czasu chować ich do kosza. Rzucał więc za siebie na trawę. Był tak zaaferowany swoją pracą, że dopiero gdy się mocno ściemniło zauważył, że nie jest sam. Obok niego stał mały Urisk i też wędkował, a pstrągi rzucał w to samo miejsce co Duży Alastair. Mężczyzna się zmartwił, bo wiedział jakie bywają Uriski. Będzie ten mały stwór marudził i męczył, a ryb będzie chciał więcej niż złowi. I faktycznie, blisko północy mały stworek powiedział.

— Big Alastair już czas kończyć i podzielić ryby.

— Ależ nie — odparł mężczyzna — Świetnie biorą, jeszcze trochę połowimy.

I łowili, ale Urisk się coraz bardziej niecierpliwił, bo jak to każdy Urisk o świcie zawsze chował się w swojej kryjówce. Gdy już stworek był mocno zniecierpliwiony, Alastair zakończył łowienie, by małego nie rozzłościć. Lepiej nie mieć na sobie gniewu Urisków. Zabrał się więc Alastair za dzielenie ryb, ale robił wszystko, by szło mu jak najwolniej. A to pstrąg się wyślizgnął z dłoni, a to pomylił się w liczeniu i zaczynał od nowa. A mały Urisk tupał i sapał ze złością, bo świt był coraz bliżej. Aż wreszcie zapiał w oddali kogut. Gdy Alastair podniósł głowę, Uriska już nie było. Zabrał więc ryby do domu, ale już do końca swego życia nie chodził wędkować nocą. A mały Urisk być może do dziś żyje gdzieś w Lochaber, w dolinie Mallie.

Legenda o Cailleach

Musicie wiedzieć, że góra Nevis była od czasów najdawniejszych tronem bogini, oczywiście znanej już nam i towarzyszącej od jakiegoś czasu Cailleach. Przesiadywała ona na szczycie tej góry, doglądając swoich ziem i jeleni pasących się w dolinach i na górskich zboczach. Wraz z każdym nadejściem Samhain, Cailleach rozpoczynała okres zimy i sztormowej pogody. Czas ten zwano A'Chailleach. W trzewiach Ben Nevisa Cailleach przetrzymywała młodą dziewczynę o imieniu Bride. Więziona dziewczyna była jej służką i musiała wykonywać wszelkie obowiązki. Gdy Angus, Król Lata się o tym dowiedział, postanowił uwolnić młodą dziewczynę. Wyruszył zatem ze swej Irlandii, by przegonić Cailleach. Im bardziej zbliżał się do Szkocji, tym cieplej się robiło, a stara bogini słabła. Walczyła jednak do końca, wywołując śnieżne zamiecie i sztorm za sztormem. W końcu jednak musiała ulec zmęczeniu i udała się na roczny odpoczynek do swojego domostwa w Tigh nam Caillich. Angus uwolnił piękną Bride pierwszego dnia wiosny i było tak aż do kolejnego Samhain, gdy wypoczęta Cailleach znów porywała dziewczynę. Cykl ten trwa do dziś, a jednym z ważniejszych celtyckich świąt był właśnie pierwszy dzień wiosny, zwany La Feill Bhride.

Legenda o Brownie

Jak wiecie, Brownie bardzo lubiły pomagać ludziom w ich domach. I w przeciwieństwie do Urisków, niczego w zamian nie chciały, choć nie pogardziły posiłkiem lub miską mleka. Brownie przeważnie pracowały nocami, gdy gospodarze spali. Na wyspie Skye jeden Brownie żył przez wiele lat z pewną rodziną i bardzo się zaprzyjaźnił z gospodarzem, O'Sheenem. Gdy jego żona zmarła, staruszek z żalu się pochorował. Zmarł, gdy mały Brownie był poza domem. Gdy wrócił i dowiedział się o śmierci przyjaciela, wykuł na zboczach klifów dwie skały. Większą, która nazywa się Old Man of Storr i mniejszą, jego żonę.

Maciej Kowalkowski

Opowieść o Nuckelavee

Dnia pewnego mężczyzna imieniem Tammas wracał do domu wąską ścieżką. Po jednej stronie miał morskie wybrzeże, po drugiej mijał niewielkie jezioro, z którego wypływała rzeczka wpadająca dalej do morza. W pewnej chwili ujrzał, że coś wyszło z morskiej toni i idzie w jego kierunku. Jakby jeździec na koniu. Gdy jednak stwór bardziej się zbliżył, Tammas zbladł i sparaliżował go strach. Upiorny koń był demonem, którego znał tylko z dawnych baśni. Był to Nuckelavee, demoniczny koń pozbawiony skóry. Stwór był ogromnych rozmiarów, a w jego widocznych żyłach pulsowała czarna krew. Nuckelavee ruszył na Tammasa. Ten momentalnie otrzeźwiał, przypominając sobie z dawnych legend czego boi się ów monstrum. Słodkiej wody, w tym deszczu szkockiego. Akurat jak na złość nie padało, więc Tammas rzucił się w kierunku jeziora. Zdążył wskoczyć do wody, gdy demon go miał schwytać. Rozbryzg wody i krople poleciały na kopyta demonicznego konia. Ten parsknął z bólu i odskoczył. Jednak wciąż pozostawał na brzegu czekając na Tammasa. Ten jednak wszedł głębiej i płynął tak długo, aż dostał się na drugi brzeg niewielkiej rzeczki. Potwór nie mógł jej przekroczyć i odpuścił. W dodatku zaczęło padać, co przepędziło Nuckelavee do morza. A Tammas nie oglądając się czmychnął do domu opowiedzieć wszystkim co się wydarzyło.

Opowieść o Koniu Wodnym

Na wyspie Rasaay Each-Uisge zabił dziewczynę, córkę kowala. On wraz z synem zaplanowali zemstę. Wykonali zestaw dużych haczyków, które włożyli do ognia nad brzegiem jeziora. Następnie upiekli owcę, by zwabić bestię. W końcu nad wodą pojawiła się wielka mgła. Z ogromnym pluskiem wyłonił się z wody olbrzymi Koń Wodny. Kowal i jego syn wbili w jego ciało rozżarzone do czerwoności haki i po długiej walce zabili zwierzę. Rano po stworzeniu nie pozostało nic poza galaretowatą substancją.

Legenda o Ghillie Dhu

Jedna z popularnych legend opowiada o dziewczynce Jessie Macrae z Gairloch, która zgubiła się w lasie. Ciemnowłosy chłopak ubrany w liście i mchy znalazł ją samotną w lesie i zaprowadził do domu. Krótko po tym zdarzeniu, właściciel ziemi Sir Hector Mackenzie zebrał grupę myśliwych, by schwytać Ghillie Dhu, lecz bez powodzenia. Ciemnowłosego chłopca nigdy więcej nie widziano, choć inne relacje opisują, że był on widywany jeszcze przez kolejne lata, choć nikt prócz Jessie nigdy z nim nie rozmawiał. Nigdy go nie złapano, a Ghillie Dhu odszedł ze swych ukochanych lasów i już nigdy nie wrócił. A może nigdy nie odszedł?

Opowieść o Wodnym Byku

Zdarzenie to miało miejsce nad Loch nan Dobhran, na zachodnim wybrzeżu Argyll. Mężczyzna imieniem Eachann zauważył wielkiego, czarnego byka nad brzegiem jeziora, który wił się z bólu. Eachann pomógł mu podając jakieś sobie znane zioła. Kilka miesięcy później narzeczona Eachanna, młoda dziewczyna o imieniu Phemie spacerowała wzdłuż brzegów jeziora, gdzie kątem oka dostrzegła niepokojący cień, który za nią podążał. Był to Murdoch, jej były kochanek. Zazdrosny rzucił się na nią i obezwładnił. Owinął dziewczynę kocem i związał liną. Nagle woda w jeziorze zabulgotała i na brzeg wyszedł ogromny czarny byk. Tarbh-Uisge powalił Murdocha na ziemię i wielkim rogiem oswobodził dziewczynę. Ukląkł przy niej, a ta szybko wsiadła na jego grzbiet. Byk Wodny z niesamowitą prędkością przeniósł Phemie do domu jej matki i odszedł. Od tamtej pory nikt go już nigdy nie widział, choć ludzie powiadali, że słyszeli często jego ryk.

Legenda o Selkie

W czasach odległych nieopodal Duncansby Head, w małym domku mieszkał człowiek, który polował na foki. Nazywali go Zabójcą Fok. Pewnego dnia udał się jak zwykle na polowanie. Wsiadł do łodzi i odpłynął od brzegu, mijając groźne skały. Miał ze sobą srebrną piszczałkę i stary sztylet, które były przekazywane w jego rodzinie z pokolenia na pokolenie. Dźwięk piszczałki wabił foki, które podpływały do łodzi. Tego dnia znów zabrzmiał dźwięk instrumentu. Po chwili ogromne zwierzę wynurzyło się tuż za burtą. Zabójca Fok chwycił sztylet i wbił go tuż za głową zwierzęcia. Foka była jednak ogromna, a jej skóra gruba. Takiej jeszcze nie widział. Zwierzę mocno szarpnęło i zniknęło w morskiej toni wraz ze sztyletem. Zrozpaczony mężczyzna wrócił do domu i usiadł przy stole, kryjąc twarz w dłoniach. Sztylet był bezcenny, dostał go od ojca, a ten od swojego i tak przez całe pokolenia. Wtem drzwi się otworzyły i do wnętrza wszedł jakiś człowiek okryty czarnym pledem.

- Pójdziesz ze mną - powiedział rozkazującym tonem.

Zabójca Fok był zbyt wystraszony, by zaoponować. Wyszli, a tajemniczy człowiek prowadził go wzdłuż klifów, aż zeszli na dużą skałę. Ciemna postać chwyciła myśliwego za ramię i pociągnęła w dół. Fale nad nimi się zamknęły, a oni płynęli coraz głębiej, aż minęli dziwne wrota i znaleźli się w podwodnym pałacu.

- Ty jesteś Zabójcą Fok - powiedział dziwny człowiek. – Wbiłeś nóż w Królową Selkie, która teraz umiera. Musisz wyjąć sztylet i pocałować ranę, wtedy ją uratujesz.

Zabójca Fok zrobił, o co go proszono, a rana od ostrza zagoiła się na jego oczach. Dziwny mężczyzna wyprowadził myśliwego z pomieszczenia, oddał mu sztylet i powiedział:

- Teraz musisz dać słowo, że już nigdy nie zabijesz żadnej foki.

Zabójca Fok wypełnił polecenie. Dziwny człowiek wręczył mu jeszcze zawiniątko i pouczył go, by otworzył je dopiero, gdy wróci do domu. Następnie wypchnął myśliwego poza wrota i znów pochłonęła go morska toń. Gdy już tchu mu brakło, wynurzył się niedaleko swojej łodzi. Dopłynął i poczłapał zmęczony do domu. Klapnął na łóżko i rzucił zawiniątko na stół. To się otworzyło i posypały się z niego złote monety. Zabójca Fok dotrzymał słowa i już nigdy żadnej nie zabił.

Opowieści z Wyspy Tiree

Piękna wyspa Tiree była jednym z ulubionych miejsc, gdzie pojawiał się Cu-Sith. Pewnego dnia na jednej z piaszczystych plaż kobieta zbierała drewno, które przydryfowało wraz z morskimi falami. W oddali usłyszała niepokojące i nienaturalnie głośne szczeknięcie. Zignorowała to i dalej zbierała drewno do kosza. Wkrótce pojawiła się jej sąsiadka, starsza kobieta, gdy kolejne szczęknięcie głośno rozbrzmiało z oddali. Gdy młodsza kobieta powiedziała przyjaciółce, że kilka minut wcześniej słyszała to samo szczeknięcie, starsza bez chwili zastanowienia rzuciła drewno, chwyciła sąsiadkę za ramię i pociągnęła za sobą do chaty. Dopiero gdy były już wewnątrz bezpieczne, starsza wyjaśniła przyjaciółce przed czym uciekały. Niewiele brakowało, by demoniczny pies je dopadł.

Na wyspie Tiree znajduje się małe jeziorko zwane Loch an Eilein, a na nim mała wyspa, na której w dawnych czasach stał zamek. Dziś już śladu po nim nie ma, tylko niewielki fragment starej grobli. Na poddaszu tego zamku mieszkał mały Brownie, którego imienia nikt nie znał. Pomagał on gospodarzom opiekować się bydłem, które trzymał z dala od upraw. Mały Brownie nie miał żadnego ubrania, więc wszystkie prace wykonywał nago. Pewnego dnia gospodarz zaproponował małej istocie spodnie i buty, lecz ten jak każdy Brownie nie tolerował żadnych dodatkowych zapłat ani litości ze strony ludzi. Odrzucił więc ofertę i odszedł śpiewając pod nosem. I w tym śpiewie wyjawił swoje imię. Gunna. Nigdy więcej go nie widziano.

Opowieści z Rannoch Moor

Rannoch Moor to nie kończące się wrzosowiska, piękne, dzikie i odludne. Wiele tajemniczych stworzeń można z pewnością spotkać tam i dziś. Między jeziorami Laidon i Rannoch znajduje się niewielkie Loch Eigheach, zwane Końskim Jeziorem. W jego ciemnych od torfu wodach żył potężny Koń Wodny, który przybierał czasem formę pięknego szarego rumaka. Stał wtedy spokojnie nad brzegiem jeziora, skubał trawę lub pił wodę. Jak każdy Each-Uisge przyciągał swym wyglądem bezbronne ofiary. Najczęściej młodych chłopców, którzy w okresie letnim mieszkali w okolicznych shieldingach, domach pasterskich i wypasali bydło. Każdy, kto zobaczył Each-Uisge chciał go choćby przez chwilę pogłaskać, jednak sierść bestii miała tę właściwość, że dłonie natychmiast przyklejały się to zwierzęcia, a te nie czekając porywało ofiarę w ciemne wody jeziora. Jeden chłopiec podobno przeżył, odcinając sobie dłoń, która przykleiła się do grzbietu Wodnego Konia. Podobno można było bestię ujarzmić.

Pewnego dnia poganiacz bydła, który zmierzał z Pitlochry do Lochaber zatrzymał się na postój w pobliżu Loch Eigheach, na drodze, którą zwano Road to the Isles. Ciemność zapadała, gdy dojrzał coś błyszczącego we wrzosach nieopodal. Był jednak zmęczony i postanowił rankiem sprawdzić, co to takiego. Okazało się później, że to końska uzda wykonana ze skóry jakiegoś dziwnego gada i zdobiona srebrnymi klamrami. I co ciekawe, po dotknięciu parzyła dłonie. Schował znalezisko do torby i wrócił do domu, gdzie pokazał uzdę starej mądrej kobiecie, której wiedzę wszyscy cenili. Ta powiedziała, że to jest magiczna uzda do poskramiania Each-Uisge, wykonana ze skóry trującego węża, który zamieszkuje jeziora, w których przebywa Wodny Koń. Gdy się takiego konia poskromi, żaden inny nie dorówna mu prędkością.

Posłowie

Szanowni Czytelnicy,

Zakończyliśmy naszą wspólną podróż przez tajemnicze i pełne magii opowieści, które kryją się w zakątkach szkockich mitów i legend. „Bestiariusz szkocki" przeniósł nas do świata, gdzie granica między rzeczywistością a legendą jest niezwykle cienka, a każda dolina, góra czy jezioro skrywają swoje własne sekrety. Podczas tej literackiej wędrówki mieliśmy okazję poznać różnorodne stworzenia, które od wieków zamieszkują szkockie opowieści. W mroku nocy spotkaliśmy Baobhan Sith, upiorne wróżki, które uwodzą nieostrożnych podróżników, a w morskich głębinach widzieliśmy syreny, których pieśni potrafią złamać serce najodważniejszego żeglarza. Spotkaliśmy także Cu Sith, ogromne zielone psy, których przerażający skowyt zwiastuje nieuchronną śmierć, oraz Blue men of Minch, tajemnicze istoty, które kontrolują wody między Szkocją a Wyspami Zachodnimi.

Tych mitycznych stworzeń w folklorze szkockim jest znacznie więcej, ale niektóre z nich są tak splątane kulturowo z dawnymi tradycjami celtyckimi, gaelickimi, walijskimi, a nawet greckimi i rzymskimi, że świadomie postanowiłem je pominąć, by nie wprowadzać zamętu i niepotrzebnych dyskusji o pochodzenie tych dawnych wierzeń. A i te, które opisałem i które w większości są dość znane, jeśli chodzi o szkocki folklor, często różnią się regionalnie dość mocno.

Każde stworzenie opisane w tej książce jest nie tylko elementem folkloru, ale również odzwierciedleniem Ducha Szkocji - jej surowości, piękna i niezwykłej historii. Te legendy, przekazywane z pokolenia na pokolenie, są żywym świadectwem wyobraźni i kreatywności dawnych mieszkańców Szkocji. Na każdym kroku towarzyszyły nam duchy dawnych czasów, opowieści o bohaterach, którzy stawiali czoła nieznanemu, oraz mądrości ludowe, które przestrzegały przed niebezpieczeństwami czyhającymi w cieniu. Szkocja to kraj, gdzie przyroda i człowiek współistnieją w symbiozie, a każda część krajobrazu zdaje się mieć swoje własne życie. To właśnie ta bliskość z naturą i głęboki szacunek dla jej tajemnic pozwoliły na powstanie tak bogatej i różnorodnej mitologii. Gdy patrzymy na wzgórza pokryte wrzosowiskami, mgliste jeziora czy ruiny starych zamków, możemy niemalże poczuć obecność tych mitycznych stworzeń, które ożywają na kartach tej książki. „Bestiariusz szkocki" jest nie tylko hołdem dla szkockiego folkloru, ale także przypomnieniem o sile opowieści. To dzięki nim możemy zrozumieć naszą przeszłość, przeżywać przygody, które nigdy się nie zdarzyły, i odkrywać światy, które istnieją tylko w naszej wyobraźni. Opowieści te uczą nas również pokory wobec sił natury i przestrzegają przed tym, co może kryć się poza granicą znanego nam świata. Dziękuję, że zdecydowaliście się na tę literacką podróż. Mam nadzieję, że ta książka była dla Was źródłem nie tylko rozrywki, ale także inspiracji i refleksji. Niech te opowieści będą dla Was przypomnieniem o bogactwie szkockiej kultury i niekończącej się mocy wyobraźni.

Bibliografia

Campbell John Francis, *Popular Tales of the West Highlands vol 1, vol 2*, Alexander Gardner of Paysley and London 1890
Cunningham A.D., *Tales of Rannoch*, Perth and Kinross District Libraries 1989
Ross Anne, *Folklore of the Scottish Highlands*, Tempus Publishing 2000
Various, *The Antology of Scottish Folk Tales*, The History Press Ltd 2019
Belle Robertson. *The book of beasties, A Scottish bestiary of old 1701*, Mirror and Comb Publishing, Edinburgh 2018

Strony internetowe

www.folklorescotland.com
www.britannica.com
www.wikipiedia.org
www.scotland-stories.com

Printed in Great Britain
by Amazon

61ffd38c-0396-4ef6-8c50-36bed3aa005fR01